Gabriele Schossig

Weihnachtsengel Inkognito

Über das Buch

Weihnachtszeit ist Geschichtenzeit. Gönnen Sie sich ein paar Momente der Besinnung. Lernen Sie den Kullerko in seiner Winterweihnachtswelt kennen, begleiten Sie einen Weihnachtsengel inkognito am Heiligen Abend oder kehren Sie ein in die kleine Kirche, die am Weihnachtsabend in ganz besonderem Glanze erstrahlt.

Die kleinen Weihnachtsgeschichten für Erwachsene sind mal besinnlich, mal romantisch, mal nachdenklich – doch immer voller Hoffnung.

Über die Autorin

Gabriele Schossig, geboren 1969, ist Dipl.-Ing. für Hochbau und Heilpraktikerin für Psychotherapie. Sie lebt mit Mann und Kater in einer Kleinstadt in Sachsen-Anhalt.
Ihre Bücher und Kurzgeschichten widmen sich vorrangig Themen, wie der Suche nach dem Glück oder nach der Liebe.
Weitere Informationen finden Sie auf ihrer Autorenseite:
www.wondertimes.de

Gabriele Schossig

Weihnachtsengel Inkognito

Weihnachtliche Geschichten rund ums Fest

Bibliografische Information der Deutschen Bibliothek

Die Deutsche Bibliothek verzeichnet diese Publikation
in der Deutschen Nationalbibliographie; detaillierte
bibliographische Daten sind im Internet
über http://dnb.ddb.de abrufbar.

Impressum

2. überarbeitete Auflage
Oktober 2019
(1. Auflage Dez. 2018)

Copyright © Gabriele Schossig 2019

Coverdesign: Giusy Ame / Magicalcover.de
(Bildquelle: Depositphoto)

Herstellung und Verlag:
BOD - Books on Demand, Norderstedt

ISBN: 9783749484720

Einleitung

Weihnachten ist nicht nur das Fest der Liebe. Weihnachtszeit ist auch Geschichtenzeit.
Die Stube ist gemütlich warm, es duftet nach Pfefferkuchen und Zimt, Kerzenlicht sorgt für eine behagliche Atmosphäre.
Die Gelegenheit, sich ein paar Momente der Besinnung zu gönnen und in das Reich der Fantasie einzutauchen.

Die folgenden Kurzgeschichten für Erwachsene drehen sich rund ums Fest.
Sie lernen den Kullerko in seiner Winterweihnachtswelt kennen, begleiten einen Weihnachtsengel inkognito am Heiligen Abend und kehren ein in die kleine Kirche, die am Weihnachtsabend in ganz besonderem Glanze erstrahlt.
Wussten Sie, dass auch ein Tannenbaum unzufrieden sein kann? Oder welches Glück es ist, das Weihnachtsfest im Frieden verbringen zu können?
Und natürlich darf auch ein Wunschzettel zu Weihnachten nicht fehlen.

Ich wünsche Ihnen viel Freude
und eine glückliche Weihnachtszeit!

Inhalt

Weihnachtsengel inkognito

Ich erinnere mich noch so genau an diesen Heiligen Abend, als wäre er gestern gewesen. Ich war spät dran. Die Nacht war klar und klirrte vor Kälte. Am Nachmittag hatte es wieder geschneit und mit meinen viel zu großen Stiefeln stapfte ich durch die weiße Pracht. Die Straßen lagen um diese Zeit völlig verlassen, alles saß in der warmen Stube.

Genau aus einer solchen kam auch ich gerade, hatte die restlichen Geschenke verteilt, in glückliche Kinderaugen geschaut und eine Überdosis an Weihnachtsgedichten und -liedern über mich ergehen lassen.

Jetzt freute ich mich eigentlich nur noch auf etwas Ess- und Trinkbares. Doch eine Aufgabe gab es noch zu erledigen, bevor ich mich um mein eigenes Wohlbefinden kümmern konnte.

In Vorfreude auf ein großes Glas Weihnachtspunsch beschleunigte ich meine Schritte und bog um die Ecke.

Und da sah ich sie. In ihrem langen dunklen Mantel, den Kragen hochgeschlagen und die Mütze tief ins Gesicht gezogen, war nicht viel mehr von ihr zu erkennen, als die langen blonden Locken. Doch ihr Gang und die Haltung drückten eine Verlorenheit aus, die mir augenblicklich ans Herz ging. Sie bewegte sich nicht so, als hätte sie irgendein Ziel. Eher zögernd, ganz in ihre Gedanken versunken, machte sie Schritt für Schritt.

Mich entdeckte sie erst, als ich schon fast vor ihr stand. Erschrocken fuhr sie zusammen, beruhigte sich aber schnell, als sie mich „erkannte".

Wer hatte schon Angst vorm Weihnachtsmann? Vielleicht einmal abgesehen von einigen Kindern, die vom schlechten Gewissen geplagt wurden.

Aber sie war schon lange kein Kind mehr und ihre dunklen Augen in dem blassen, schmalen Gesicht verrieten nichts außer unendlich tiefer Traurigkeit.

Für einen Moment standen wir uns hilflos gegenüber. Doch dann wurde ich mir meiner Aufgabe wieder bewusst, zu der es wohl auch gehörte, sich in der Heiligen Nacht um einsame Menschenkinder zu kümmern, selbst dann, wenn diese schon mindestens Mitte 20 waren.

„Ho, ho, ho", rief ich also bemüht heiter, „was treibt Dich denn so spät in diese kalte Nacht?"

Für eine Sekunde meinte ich, ein klitzekleines Lächeln in ihren Augen zu sehen, welches jedoch genauso schnell wieder verschwand, wie es erschienen war.

„Ich bin geflüchtet", murmelte sie und schien mich ganz selbstverständlich in meiner Rolle als gütigen Alten zu akzeptieren, dem man bedenkenlos sein Herz ausschütten konnte.

Ich verkniff mir ein erneutes ho, ho, ho, und fragte stattdessen nur: „Und wovor?"

„Vor der weihnachtlich dekorierten Stube, vor der Einsamkeit, vor mir selber", und plötzlich schluchzte sie: „Er ist nicht gekommen. Hat abgesagt. Heute Morgen. Einfach so."

Und eh ich mich versah, lag dieser traurige, blonde Engel in meinen Armen und weinte herzzerreißend.

Wie wünschte ich mir in diesem Moment, dass sie in mir nicht nur den Weihnachtsmann, sondern den Mann hinter der Fassade sah, der ihr nur zu gerne Freund und Beschützer sein würde. Doch gleichzeitig war mir bewusst, dass nur meine Verkleidung der Grund für ihr Vertrauen war. Und, ihre Verzweiflung.

Als hätte sie meine Gedanken gelesen, löste sie sich aus meinem Arm. „Entschuldigung," hauchte sie verlegen. „Ich bin wirklich zu alt, um an den Weihnachtsmann zu glauben. Für einen Moment ..." Irritiert blickte sie mir ins Gesicht oder versuchte zumindest etwas von diesem hinter meinem weißen Wattebart zu erspähen. „Du musst mich für ziemlich dumm halten. Tut mir leid, wirklich", fuhr sie dann, ein wenig selbstsicherer, fort und machte Anstalten weiter zu gehen.

Blitzschnell überlegte ich, wie ich sie von diesem Vorhaben abhalten konnte. Wer weiß, wer ihr als Nächster in dieser Nacht über den Weg laufen würde, sicherlich nicht Rudi, das Rentier. Erstaunt bemerkte ich, dass ich mir Sorgen um diese Fremde machte.

„Vielleicht bist Du ja zu alt, um an den Weihnachtsmann zu glauben, aber als Weihnachtsengel bist Du genau richtig", versuchte ich es wieder mit Humor.

Misstrauisch schaute sie mich an und wich einen Schritt zurück.

„Ich meine", fuhr ich rasch fort und überspielte meine Verlegenheit, „Du könntest mir bei der Bescherung helfen. Ich bin spät dran und zu zweit würde es schneller gehen."

Diese Augen werde ich mein Lebtag nicht vergessen. Dunkel und tief, sodass ich meinte, jeden Moment darin zu versinken. Und ihre Gefühle ließen sich in ihnen ablesen, wie in einem offenen Buch. Ob sie sich wohl dessen bewusst war?

„Ja, warum eigentlich nicht", antwortete sie zu meinem Erstaunen. „Ich habe ja sowieso nichts Besseres vor." Ihre Augen füllten sich erneut mit Tränen.

11

Bevor sie wieder zu weinen beginnen konnte, nahm ich, mit der Selbstsicherheit eines Weihnachtsmannes, ihren Arm und plauderte munter von meinen abendlichen Erlebnissen. So große Mühe ich mir auch gab, zum Lachen brachte ich sie nicht, aber zumindest spürte ich, wie sie sich ein wenig entspannte.

Es war nicht allzu weit bis zum Vereinshaus. An der Tür wurde ich bereits ungeduldig von der Vorsitzenden, Frau Röhrig, erwartet. Überrascht musterte sie die blasse Frau neben mir, nickte ihr dann aber zu und meinte:

„Prima, dass Sie unserem Weihnachtsmann zur Seite stehen."

„Mein Weihnachtsengel", sagte ich scherzend und an dem Blick, den mir Frau Röhrig daraufhin zuwarf, konnte ich erkennen, dass sie die Situation ohne ein weiteres Wort erfasst hatte.

Immerhin sah meine Begleiterin in Wirklichkeit auch viel weniger wie ein Weihnachtsengel, als vielmehr wie ein verirrtes Waisenkind aus. Aber wie auch immer, auch dann war sie hier goldrichtig. Denn in dem Raum, den wir kurz darauf betraten, saßen ungefähr 30 Leute, die alle eines gemeinsam hatten, sie waren allein.

Da waren einige Rentner, deren Angehörige selbst an einem Abend wie diesen zu beschäftigt für einen Besuch waren, einige Männer und Frauen verschiedener Altersgruppen, die nach Scheidung oder Tod wieder allein lebten, eine Mutter mit drei kleinen Kindern, die vor ihrem Partner und seinen Wutausbrüchen geflüchtet war und einige angeblich überzeugte Singles, die heute alles andere als überzeugt waren.

Vor fünf Jahren hatte alles damit begonnen, dass Frau Röhrig, damals gerade frisch geschieden, zum ersten Mal ein Weihnachtsfest allein verbringen musste und sich daraufhin geschworen hatte, dass ihr das nie wieder passieren würde. Also hatte sie kurz entschlossen eine Annonce aufgegeben und Gleichgesinnte gesucht. Menschen, die wie sie allein waren oder Leute, die einsamen Seelen helfen wollten. Viele waren ihrer Idee gefolgt, sie hatten einen Verein gegründet und organisierten seitdem diesen gemeinsamen Heiligen Abend für alle die, die sich einsam fühlten. Und mit jedem Jahr wurden es mehr. Und ich, der Weihnachtsmann, war von Anfang an dabei. Wo also hätte mein einsamer Engel besser aufgehoben sein sollen, als hier?

Frau Röhrig schleppte den Sack mit den Geschenken heran und alle Augen richteten sich erwartungsvoll auf uns. Ich konnte spüren, wie verlegen das meine Begleiterin werden lies, die sich rasch ihre Mütze vom Kopf zog und ihre Haare ordnete.

Mit ihren langen, blonden Locken kam sie jetzt ihrer Berufung als Weihnachtsengel schon viel näher.

Die Bescherung begann und wieder einmal fragte ich mich, wie Frau Röhrig es schaffte, für jeden Gast ein passendes, kleines Geschenk zu besorgen.

Mein schönstes Geschenk an diesem Abend war allerdings, dass mein Engel mir jedes Päckchen zureichte. Ich las dann den Namen vor und wurde erneut mit Gedichten und Liedern bedacht, wenn hier auch begleitet von übermütigem Gelächter und Gekichere.

Als alle glücklich beschenkt waren, zauberte ich noch eine Überraschung für die Chefin aus meinem Mantel, ein kleines Büchlein eines bekannten brasilianischen Schriftstellers, für den meines Wissens nach, ihr Herz ganz besonders schlug. Und wirklich, Frau Röhrig drückte mich voller Freude an ihre Brust und mir wurde in meinem Kostüm noch wärmer.

Dann setzten wir uns zu den anderen an die lange, festlich geschmückte Tafel. Der Engel an meiner Seite hatte endlich den dicken Mantel abgelegt, nur ich blieb standesgemäß im Weihnachtsmannoutfit. Was muss, das muss.

„Schön ist es hier", flüsterte sie mir zu und schaute sich mit großen Augen im Raum um. Für einen Moment sah sie jetzt tatsächlich aus, wie ein Kind zu Weihnachten.

Frau Röhrig und ihre Freundinnen hatten auch weder Kosten noch Mühen gescheut und wieder ihr ganzes Herz in die Vorbereitung dieses Abends gelegt. Eine große Tanne stand in der Mitte des Raumes, prachtvoll geschmückt in Lila und Silber. Von einem CD-Player in der Fensterbank erklang leise Weihnachtsmusik und von unseren Tellern duftete das Hühnerfrikassee, dass mir das Wasser nur so im Munde zusammen lief. Das Essen desselben gestaltete sich allerdings aufgrund meines langen Bartes etwas schwieriger.

Für einen Moment war ich versucht, doch einfach meine Verkleidung abzulegen und der zu sein, der ich bin. Aber wie hätte ich den Kindern im Raum erklären sollen, dass der Weihnachtsmann plötzlich nur noch Jeans und T-Shirt trug und zudem auch noch seinen Bart verloren hatte?

So harrte ich aus, schwitzte vor mich hin und war doch gleichzeitig ganz eigenartig glücklich. Lag das an diesem Abend? Oder an dem blonden Wesen neben mir?

Sie sprach die ganze Zeit nicht viel, aber schon allein ihre Anwesenheit tat mir so gut, dass ich mir wünschte, die Zeit würde einfach stehen bleiben. Aber wann hat sich die Zeit schon jemals nach unseren Wünschen gerichtet? Zum Abschied, bevor sie ins Taxi stieg, drückte sie mir einen zarten Kuss auf die Wange, oder vielmehr in den

Bart, und flüsterte: „Danke. Jetzt weiß ich, dass es ihn wirklich gibt, den Weihnachtsmann."
Dann war sie fort. Doch dieses warme Gefühl in meinem Herzen blieb.

***

Einmal habe ich sie wieder gesehen. Da war der Schnee längst getaut und die Vögel zwitscherten den Frühling herbei. Sie trug die Haare jetzt kürzer und ihre Haut war leicht gebräunt, aber wie hätte ich sie nicht wieder erkennen können? Sie dagegen sah an mir vorbei, wie an einem Fremden. Für einen Moment war ich irritiert, danach bestürzt, doch dann wurde mir schlagartig klar, dass ich ja wirklich genau das für sie war - ein Fremder!
Sie war einem Weihnachtsmann begegnet, der ihr für ein paar Stunden zum Freund geworden war, in einer kalten, einsamen Winternacht. Von dem Mann hinter dieser Fassade hatte sie keine Ahnung.
Fast hätte ich sie angesprochen, ihr alles erzählt, mich zu erkennen gegeben. Aber ich habe es nicht gewagt. Sie wirkte heute so anders, ihr Gang jetzt aufrecht und zielstrebig. Vielleicht wollte sie ja gar nicht an diese Nacht erinnert werden? So ließ ich sie einfach weiter gehen.
Und doch, eine Stimme in mir sagt, ich werde sie wiedersehen. Vielleicht am nächsten Heiligen Abend? Ich habe Frau Röhrig schon angekündigt, dass sie sich in diesem Jahr einen anderen Weihnachtsmann suchen muss. Sie hat gelächelt und genickt. Und sie hat mir versprochen, wieder denselben Saal zu nutzen, wie im Vorjahr. Damit sie uns finden kann, meinte sie schmunzelnd und ich wusste, sie hatte mich verstanden.

15

Der Kullerko

Es war einmal ... Wie alle alten Märchen, so beginnt auch die Geschichte vom kullerrunden Kobold.

In der Winterweihnachtswelt, in welcher dieser Kobold lebte, wurde er aber von allen Wesen nur Kullerko genannt, eine Abkürzung für kullerrunder Kobold.

Anfangs hatte sich Kurt, denn so hieß der Kullerko richtig, sehr über diesen Namen geärgert, doch im Laufe der Zeit gewöhnte er sich daran.

Denn irgendwie hatten die Kobolde und Elfen ja auch recht, alles an ihm war wirklich kullerrund, sein Kopf, die blauen Augen, die Brille und ganz besonders sein Bauch.

Manchmal, hinter vorgehaltener Hand, nannten ihn einige der Kobolde auch schlichtweg dick. Und wie das immer bei solchen Flüstereien der Fall war, hörte der Betreffende natürlich davon. Aber Kurt fand, das klang sehr uncharmant und weigerte sich strikt, es zur Kenntnis zu nehmen. Auch wenn er selbst natürlich am besten wusste, dass er gewaltig an Umfang zugenommen hatte. Doch das war ja schließlich auch kein Wunder, denn wie jeden Tag lag auch heute wieder ein gewaltiger Stapel Pfefferkuchen vor seiner Nase, der nur darauf wartete, von ihm verspeist zu werden.

Seufzend biss er in ein großes, zuckergussüberzogenes Lebkuchenherz. Diese Arbeit ging wirklich an seine Substanz, oder besser gesagt, sie ließ seine Substanz aus dem Leim gehen. Seit zwei Jahren saß er nun auf diesem Platz und erfüllte Tag für Tag seine Pflicht. Jeden Morgen kam eine Lieferung großer und kleiner Pfefferkuchen aus der Weihnachtsbäckerei in die Weihnachtsbäckereiwerkstatt. Jeden Abend hatte er alle bis auf den letzten

Krümel aufgegessen und verließ sauber aufgeräumt seinen Arbeitsplatz.

Was sein musste, das musste nun mal sein, auch wenn es persönliche Opfer bedeutete. Und das war bei ihm ganz sicher der Fall, begegnete er doch jeden Morgen, wenn er schwerfällig zur Werkstatt ging, Elfi, einer bezaubernden kleinen, gelben Elfe. Elfi arbeitete in der Puppenmalerei und war für das Make-up der neuen Puppenkollektionen zuständig.

Und so beschwingt, wie sie ihrem Ziel zueilte, schien ihr diese Arbeit eine Menge Freude zu bereiten. Für Kurt hatte sie aber nie mehr als einen kurzen Gruß übrig. Er war eben nur der Kullerko. Und seine Arbeit machte ihn mit jedem Tag kullerrunder.

***

Die Weihnachtsmannstadt in der Winterweihnachtswelt war ein friedlicher Ort. Ganz besonders nach getaner Arbeit, dann wenn alle Geschenke fertiggestellt und auf den Weihnachtsmannschlitten verladen waren.

Doch in diesem Jahr herrschte im Weihnachtsmannbüro dicke Luft. Es ging um die Gästeliste für das größte Event des Jahres. Wie an jedem Heiligen Abend lud der Weihnachtsmann, nach seiner Rückkehr aus der Menschenwelt, alle Helfer zum gemütlichen Weihnachtsessen ein.

Dieses Fest war seit Jahr und Tag Tradition und ein jeder freute sich darauf. Nur in der letzten Zeit war Unmut entstanden. Schuld daran war der Kullerko, der in der Weihnachtsbäckereiwerkstatt für das Bauen der Pfefferkuchenhäuschen zuständig war. Oder besser, zuständig sein sollte. Denn seit er diese Aufgabe übernommen hatte, musste sich der Weihnachtsgeschenke-

17

pannendienst andauernd irgendwelche Ersatzgeschenke ausdenken. Nicht ein fertiges Häuschen verließ mehr die Bäckerei. Und so konnte auch keines verschenkt werden, sehr zum Leidwesen der Kinder.

Dabei wurde das Zubehör, eine Vielzahl kleiner und großer Pfefferkuchen in allen Formen und Farben, pünktlich geliefert. Aber statt daraus Häuschen zu bauen, futterte der Kullerko sie einfach alle auf. Einen nach dem anderen. Und wurde dabei natürlich immer kullerrunder. Niemand hatte bisher gewagt, ihn darauf anzusprechen. Man war einfach davon ausgegangen, dass der Kullerko ein sehr hungriger Kobold war. Und da man ja sozial eingestellt war im Weihnachtsmärchenland, ließ man ihn essen und sorgte für mehr Material. Doch auf unerklärliche Weise wuchs Kurts Hunger mit der Masse der Pfefferkuchen. Und leider auch der Umfang seines Bauches.

Doch was genug war, war genug. Bisher hatte der Weihnachtsmann noch nichts davon erfahren. Und Kobolde petzten nicht. Aber jetzt waren sie mit ihrer Geduld am Ende. Keine ordentliche Arbeit, keine Einladung zum Weihnachtsmannessen, sagten die einen. Wir müssen mit ihm reden, meinten die anderen. Aber niemand traute sich.

Nach langem Hin und Her wurde entschieden, den Kullerko einzuladen. Doch es wurde Zeit, dass auch er begriff, dass in der Winterweihnachtswelt ein jeder seine Arbeit tun musste. Denn nur dann konnten die Kinder in der Menschenwelt ein glückliches Weihnachtsfest feiern und ihren Glauben an den Weihnachtsmann bewahren. Und so fassten die Kobolde einen Plan ...

Der große Abend kam. Alle warteten gespannt auf die Rückkehr des Weihnachtsmannes. Auch Kurt war schon ganz aufgeregt. Heute würde sein zweiter Abend im Weihnachtsmannhaus sein. Im letzten Jahr war er viel zu nervös gewesen, um auch nur ein Wort mit dem Chef zu wechseln, aber vielleicht würde es ja heute anders sein.

Und da kam der Weihnachtsmann auch schon mit seinem Rentierschlitten und wehender roter Mütze durch die Luft gesaust.

„Ho, ho, ho, Freunde, kommt essen!", schalte es über ihren Köpfen.

Alles eilte zum Weihnachtsmannhaus, während der alte Herr geschickt den Schlitten in die Garage manövrierte und die Rentiere endlich ihren wohlverdienten Feierabend machten, um in den Wald zu ihren Familien zu laufen.

Das große Wohnzimmer war festlich geschmückt. Alle nahmen an der langen Tafel Platz. Der Weihnachtsmann saß wie immer ganz oben am Tisch, direkt vorm Kamin, um sich von seiner nächtlichen Fahrt aufzuwärmen.

Als endlich alle ruhig waren und das dauerte bei Kobolden eine ganze Weile, wünschte er seinen Gästen ein fröhliches Weihnachtsfest und bedankte sich für die getane, fleißige Arbeit. Mit strahlenden Augen berichtete er von seiner Reise und all den glücklichen Kindern, die ihm auf dieser begegnet waren.

Die Kobolde und Elfen freuten sich mit ihm und Frau Holle, die wie immer zu Besuch gekommen war, wischte sich sogar verstohlen eine Träne der Rührung von der Wange.

Kurt war ganz stolz, wenn er seinem Chef so zuhörte. Gut, dass es ihnen allen wieder gelungen war, den Kindern einen schönen Heiligen Abend zu bescheren. Denn das war ja schließlich das aller Wichtigste.

Als der Weihnachtsmann seine Rede beendet hatte, zündete Bertram, der größte Kobold in der Winterweihnachtswelt, die Kerzen am Baum an. Der Tannenbaum stand in einer Ecke und reichte bis fast zur Decke hinauf. Seine Kugeln blinkten in allen Farben des Regenbogens. Der Weihnachtsmann liebte es bunt, und da die Kobolde das wussten, hatten sie ihre farbenprächtigsten Jäckchen angezogen. Kurts leuchtete in prachtvollem Rubinrot, nur leider bekam er den untersten Knopf nicht mehr zu, was ihm ein wenig peinlich war.

Auch die Elfen waren wunderschön anzusehen, aber das waren sie natürlich immer. Elfi war allerdings die Schönste von allen, da war Kurt sich sicher. Sie saß ihm genau gegenüber und sein Herz pochte vor Freude, als sie für einen Augenblick zu ihm hinübersah.

Dann wurde das Essen serviert. Frau Holle hatte sich wieder die Mühe gemacht, für jeden sein ganz persönliches Lieblingsessen zu kochen. Freudestrahlend stellte sie zuerst dem Weihnachtsmann und dann jedem seiner Gäste ein Tellerchen vor die Nase.

Jedem, außer Kurt. Denn Kurt bekam kein Tellerchen, sondern einen ausgewachsenen Teller. Das wäre ja an sich nicht weiter schlimm gewesen, aber zu seinem Entsetzen lag auf dem Teller ein riesiger Stapel schokoladenüberzogener Pfefferkuchenherzen.

Fassungslos starrte er auf die gewaltige Portion. Oh nein, nicht schon wieder Pfefferkuchen, flehte er im Stillen, nicht fähig einen davon in die Hand zu nehmen. Heute bekam doch jeder sein Lieblingsessen. Wer war nur auf die Idee gekommen, dass er diese Dinger gerne aß? Als wenn es nicht schon genug wäre, dass er jeden Tag Berge davon verspeisen musste.

Während alle anderen sich voller Freude über das Essen hermachten und genüsslich schmatzten, saß Kurt da und starrte wie hypnotisiert auf seinen Teller.

Sicher war das nur eine dumme Verwechslung. Er liebte doch Eierkuchen und hatte sich schon das ganze Jahr auf so eine leckere, duftende Portion gefreut, wie sie ihm Frau Holle im letzten Jahr serviert hatte. Verstohlen schaute er zu der älteren Frau im blau-weiß karierten Kleid, die voller Wonne ihre Hühnersuppe löffelte. Bestimmt war es wirklich nur ein Versehen. Gleich würde es Frau Holle auffallen und dann bekäme er seinen richtigen Teller. Und der durfte dann auch ruhig ein bisschen größer sein.

Aber nichts dergleichen geschah. Stattdessen wurde ihm plötzlich bewusst, dass die anderen Kobolde durchaus jederzeit für einen Schabernack zu haben waren. Hatte sich etwa einer von ihnen einen Scherz erlaubt?

Mit gesenktem Kopf spähte er von einem zum anderen, aber alle Kobolde waren mit ihrem Essen beschäftigt und achteten nicht auf ihn.

Nur der Weihnachtsmann blickte gerade zufällig von seinem Teller mit Kartoffelsalat auf und bemerkte Kurts suchende Blicke.

Mit vollem Mund fragte er: „Kobold Kurt, was ist denn? Schmeckt es Dir nicht?“ Dabei bemerkte er überrascht, dass der kleine, runde Kobold den größten und vollsten Teller von allen vor sich stehen hatte, was wohl sicher ein Zeichen für dessen außerordentlichen Fleiß war.

„Doch, doch“, murmelte der kullerrunde Kobold verlegen und biss vorsichtig in ein Pfefferkuchenherz.

21

Der Weihnachtsmann nickte ihm wohlwollend zu und vertiefte sich wieder in den Anblick seines eigenen Essens.

Mühsam kaute Kurt und hatte dabei das Gefühl, der Pfefferkuchenbissen wurde immer mehr in seinem Mund. Krampfhaft versuchte er die zähe Masse, samt seiner aufsteigenden Übelkeit, hinunterzuschlucken. Doch dabei verschluckte er sich auch noch. Voller Ekel schupste er den Pfefferkuchenteller von sich, sprang hustend und prustend auf und rannte, so schnell ihn seine kurzen Beinchen trugen, zur Tür hinaus.

Die erstaunten Gesichter der Elfen schauten ihm nach, wogegen die Kobolde sehr schuldbewusst aus ihren bunten Jäckchen schauten. Vielleicht war es ja doch nicht ganz fair gewesen, dem kullerrunden Kobold einen so großen Teller Pfefferkuchen vor die Nase zu stellen, ging es dem einen oder anderen von ihnen sicher durch den Kopf. Aber wer hätte denn ahnen können, dass der Kullerko so reagierte? Eigentlich sollte doch dem Weihnachtsmann nur auffallen, wie viel der Kullerko aß, damit er ihn zur Rede stellte. Doch eigenartigerweise hatte Kurt heute gar nichts gegessen?

Betreten schaute einer zum anderen. Der Weihnachtsmann kannte diesen Gesichtsausdruck nur zu gut. So sahen die Kinder immer aus, wenn sie gerade etwas angestellt hatten. Irgendetwas war bei seinen Kobolden im Gange. Und er wäre nicht der Weihnachtsmann gewesen, wenn er nicht augenblicklich wissen wollte, was in seinem Haus vor sich ging.

„Philipp?", fragte er mit drohendem Unterton.

Der dienstälteste Kobold, eine dünne Gestalt in einem maigrünen Mäntelchen und mit einem langem weißen Bart, um den ihn selbst der Weihnachtsmann manchmal heimlich ein klein wenig beneidete, erhob sich und räusperte sich verlegen.

„Was ist hier los?" Der Weihnachtsmann mochte es gar nicht, am Heiligen Abend von irgendwelchen Streichen seiner Helfer behelligt zu werden, wie seine hochgezogenen Augenbrauen verrieten.

„Wir ...", das Unbehagen war dem alten Kobold deutlich anzusehen. Doch dann gab er sich einen Ruck. Es half alles nichts, die Wahrheit musste heraus, denn schließlich hatten sie ja gewollt, dass der Weihnachtsmann auf den gefräßigen Kullerko aufmerksam wurde. „Chef, wie Du weißt, arbeitet Kurt in der Weihnachtsbäckereiwerkstatt. Doch seitdem er dort beschäftigt ist, gibt es keine Pfefferkuchenhäuschen mehr."

Der Weihnachtsmann strich sich über seinen weißen Bart, der ein Stückchen kürzer als Philips war. „Und warum nicht?"

Auch wenn ihm schon aufgefallen war, dass sich keine Häuschen mehr unter den Geschenken befanden, so dachte er doch, dass sich die Interessen der Kinder verändert hatten und nun eher Computer und Barbiepuppen gefragt waren.

„Er isst einfach das ganze Material auf", antworteten alle Kobolde wie aus einem Munde.

„Oh", machte der Weihnachtsmann und die Elfen kicherten.

Da schaltete sich Frau Holle ein. „Er wird seine Gründe haben."

„Vielleicht großen Hunger?", grinste der Kobold Philipp, wurde aber augenblicklich wieder ernst, als der Weihnachtsmann mit der Faust auf den Tisch schlug und ärgerlich rief: „Habt Ihr ihn denn nie gefragt, warum er all das Pfefferkuchenbaumaterial aufisst?"

„Nein", murmelten wieder alle Kobolde gleichzeitig und die Elfen senkten verlegen die Köpfe.

„Und warum hat niemand mit mir darüber gesprochen?", fragte der Weihnachtsmann noch ärgerlicher.

Schweigen.

Frau Holle schob den Stuhl nach hinten und erhob sich resolut. „Vielleicht hättet Ihr lieber mit ihm reden sollen, anstatt heimlich über ihn zu lachen. Schöne Freunde seid Ihr, schämt Euch." Sie hatte sich zwar selbst gewundert, dass Kurt dieses Jahr keine Eierkuchen zum Abendessen wollte, war aber davon ausgegangen, dass sich sein Geschmack im Laufe des Jahres geändert hatte. „Ich gehe ihn suchen und rede mit ihm."

Erleichtert atmeten die Kobolde und Elfen auf und der Weihnachtsmann nickte zustimmend. Frau Holle würde bestimmt alles wieder in Ordnung bringen.

Frau Holle fand den schluchzenden Kurt auf der Eingangstreppe sitzend. Es hatte angefangen zu schneien, und der Kobold sah schon aus, wie ein kleiner Schneemann.

Trotz der Kälte setzte sich Frau Holle neben ihn und legte ihm einen Arm um die Schulter:

„Kurt, Hunger ist doch gar nicht Dein Problem, wie sollte dann Essen eine Lösung sein?"

Erstaunt schaute der kullerrunde Kobold zu ihr auf und wischte sich die Tränen vom Gesicht: „Woher weißt Du?"

Die alte Frau lächelte. „Ich habe Augen, um zu sehen, ein Herz um zu fühlen und einen Kopf, um zu denken. Mehr braucht es nicht."

Der Kobold schluckte. Das alles hatte er auch und trotzdem wusste er nicht weiter. Seufzend lehnte er sich an Frau Holle und fühlte sich in ihrem Arm seit langer Zeit endlich einmal wieder wohl.

Und so fand er auch den Mut, zu sagen: „Und dabei mag ich Pfefferkuchen eigentlich gar nicht."

Da kicherte Frau Holle, und als sie ihm dann noch aufmunternd zunickte, sprudelte die ganze Geschichte aus ihm heraus:

„Weißt Du, ich war doch so stolz, als ich in die Weihnachtsmannstadt berufen wurde. Und meine Familie erst. Was für ein Fest haben sie für mich gegeben. Ich war der erste Kobold aus unserem Clan, dem diese Ehre zuteilwurde. Für den Weihnachtsmann arbeiten, was für eine Freude." Kurt seufzte bei dieser Erinnerung.

„Und dann sogar in der Weihnachtsbäckereiwerkstatt. Wie gut es dort duftete. Doch dann bekam ich die Aufgabe zugeteilt, die Pfefferkuchenhäuschen zu bauen." Hier stockte seine Erzählung kurz, als wäre er tief in seiner Erinnerung versunken. Dabei blickte er ganz sorgenvoll auf seine großen Füße. „Damit begann das ganze Unheil. Ich habe es versucht, wirklich", jetzt sah er Frau Holle aus seinen runden Augen flehentlich an. „Doch ich konnte es nicht. Das erste Häuschen war krumm und schief, und als die Werkstatttür aufging und ein Luftzug hereinkam, fiel es in all seine Einzelteile zusammen. Ich hab's noch mal und noch mal und noch mal probiert. Aber ich bin kein Baumeister, nur ein Kobold. Und ich dachte mir, wenn irgendjemand dieses schiefe, hässliche Häuschen sieht, werden sie mich auslachen. Und schlimmer noch, sie werden mich wegschicken. Diese Schande hätte ich nicht ertragen." Wieder schluchzte Kurt auf und Frau Holle zog ihn ein wenig enger an sich. „Ich hatte solche Angst", flüsterte er.

25

„Dann kam mir die Idee, einfach alles Baumaterial aufzuessen. Wenn keine Pfefferkuchen da waren, konnte ich nichts bauen. So würde ich mich auch nicht blamieren. Und wenn ich mich nicht blamierte, würde ich nicht fortgeschickt werden."

Frau Holle schüttelte den Kopf bei so viel Unverstand. Doch gleichzeitig tat ihr Kurt sehr leid, der keinen anderen, als diesen unsinnigen Ausweg gesehen hatte. Voller Mitgefühl meinte sie: „Das war richtig harte Arbeit, nicht wahr?"

Kurt nickte wichtig. „Ja, sehr. Je mehr ich aß, je mehr Pfefferkuchen kamen. Und ich habe sie alle gegessen, bis auf den letzten Krümmel. Erst dann habe ich Feierabend gemacht. Und das Verrückteste, im Laufe der Zeit habe ich ganz vergessen, warum ich die Pfefferkuchen überhaupt esse. Ich habe mir irgendwann sogar eingebildet, dass meine Arbeit genau darin besteht. Dann war ich richtig stolz auf mich, alle geschafft zu haben."

Frau Holle nickte. „Ja, Kurt. Nicht nur die Menschen sind gut darin, ihre Probleme zu verdrängen. Auch wir Märchenwesen können das. Aber glücklicher werden wir dadurch nicht, ganz im Gegenteil. Ich denke, es wird Zeit, dass Du Dich Deinem Problem stellst. Nur dann kannst Du eine richtige Lösung finden. Komm!"

Sie stand auf und klopfte sich den Schnee von Schürze und Kleid. Frau Holle widersprach man nicht und so erhob sich auch Kurt zögernd. Nicht nur vor Kälte schlotterten ihm jetzt die Knie. Doch Frau Holle schob ihn an den Schultern vor sich her bis hinein ins Wohnzimmer. Am Ende der langen Tafel, dem Weihnachtsmann genau gegenüber, blieben sie stehen.

Gespannte Gesichter schauten sie an und Kurt wurde ganz rot vor Verlegenheit. Sicher würden sie ihn alle gleich fürchterlich auslachen. Aber das taten sie ja heimlich sowieso bereits. So begann er stockend zu erzählen, warum er zum kullerrunden Kobold geworden war.

Nachdem er geendet hatte, blieb es für einen Moment still. Kurt stand mit gesenktem Kopf und wagte nicht, sich zu rühren.

Doch dann begann der Weihnachtsmann plötzlich laut zu klatschen. Und sogleich fielen auch die anderen ein. Der Weihnachtsmann, die Kobolde und sogar die Elfen, alle klatschten in die Hände. Und Frau Holle flüsterte ihm ins Ohr: „Gut gemacht! Und jetzt brate ich Dir ein paar leckere Eierkuchen."

***

Ein Jahr war ins Land gegangen. Der Weihnachtsmann hatte ihn damals gleich nach dem Heiligen Abend beiseitegenommen und erklärt, dass ein jeder eine Arbeit haben sollte, die seinen Talenten entsprach. Und er wollte wissen, welche Beschäftigung Kurt bereits als Koboldkind Freude gemacht hatte.

„Malen", hatte der Kobold ohne zu zögern geantwortet, sich aber sogleich geschämt, weil er sich plötzlich nicht mehr sicher war, ob er das überhaupt richtig konnte.

Doch der Weihnachtsmann hatte gelächelt und „malen" vor sich hin gemurmelt.

Kurz darauf begann Kurt in der Holzwerkstatt zu arbeiten. Hier bemalte er die Holzautos, die Bausteine und Puppenstuben in den schönsten Farben, die er nur finden konnte.

Rund war er zwar immer noch, aber er fühlte sich jetzt viel wohler in seiner Koboldhaut. Und er hatte begriffen, dass es sich lohnte, zu seinen Schwächen zu stehen, da man nur so seine Stärken erkennen konnte.

Jetzt ging er jeden Morgen voller Freude zur Arbeit. Oft besuchte ihn dort die gelbe Elfe Elfi. Dann fachsimpelten sie eine Weile über Farben und besondere Maltechniken, bevor sich Elfi wieder ihren Puppengesichtern zuwandte.

Die Kobolde hatten sich alle längst bei ihm entschuldigt. Und sie hatten gelernt, bei Unstimmigkeiten miteinander zu reden.

Niemand nannte ihn jetzt mehr Kullerko, sondern alle voller Achtung, Kurt, den Maler.

Kurts alten Posten hatte Pauli übernommen. Der kleine braune Kobold war noch nicht lange in der Winterweihnachtswelt, doch er baute die schönsten Pfefferkuchenhäuschen, die man sich nur vorstellen konnte. Auch einige andere Kobolde hatten ihre Arbeit gewechselt. Für eine Weile brachte das zwar eine Menge Unruhe, doch inzwischen gingen alle mit noch mehr Freude ans Werk und die Resultate konnten sich wahrlich sehen lassen.

Das gefiel natürlich ganz besonders dem Weihnachtsmann, der für heute Abend wieder zum großen Weihnachtsessen geladen hatte. Kurt freute sich schon darauf, war er doch sicher, dass er dieses Mal seine geliebten Eierkuchen bekommen würde.

Und noch freudiger erwartete er die wohlverdienten Weihnachtsferien. Denn dann würde er endlich viel Zeit haben, um mit Elfi im schneeverwehten Winterwäldchen spazieren zu gehen. Kurts Herz schlug allein bei ihrem Anblick schon schneller und die anderen Elfen behaupteten gesehen zu haben, dass auch die kleine, gelbe Elfe den Kobold verliebt angeschaut hatte. Aber das ist dann wieder eine ganz andere Geschichte ...

Traditionen aus dem Norden

Wir haben in der Advents- und Weihnachtszeit unsere altbekannten Traditionen, sei es der Adventskranz, unser Weihnachtsbaum, die Bescherung am Heiligen Abend oder der Besuch einer Kirche.

Aber wussten Sie, dass man zu Weihnachten in Finnland auch an das Wohlergehen der Kobolde denkt? Denen wird nämlich ein Teller mit Reisbrei und ein Glas Bier hingestellt.

Während sich die Finnen um ihre Kobolde kümmern, fürchten sich die Norweger vor den Hexen. Zumindest ist es dort Brauch, Weihnachten die Besen zu verstecken, damit die Hexen nicht auf ihnen reiten können.

Sicher kennen Sie das romantische Märchen „Drei Haselnüsse für Aschenbrödel", das gerade zu Weihnachten ständig im TV zu sehen ist. Die Schweden scheinen es nicht so mit der Romantik zu haben, denn bei ihnen ist es Tradition am Nachmittag des Heiligen Abends „Donald Duck" im Fernsehen zu schauen.

Mögen Sie Weihnachtsfeiern? Während die meisten Deutschen dann gemütlich zusammensitzen oder essen gehen, zieht es die Finnen mit der ganzen Kollegschaft – samt Chef – in die Sauna.

Andere Länder, andere Sitten. ☺

Die kleine Kirche

Einsam stand die kleine Kirche auf der verschneiten Wiese. Ihr schiefes Dach bog sich unter den Massen des Schnees, aus ihrer Fassade bröckelten die Steine und die marode Holztür quietschte im eisigen Wind.

Die kleine Kirche wusste nicht, weshalb sie von aller Welt verlassen worden war. Sicher, sie war alt und vielleicht auch nicht die schönste und größte, aber waren das denn Gründe, sie allein zu lassen? Früher waren doch die Menschen in ihr ein und aus gegangen. Sie hatten Feste gefeiert, beieinander gesessen oder in Zeiten der Trauer Zuflucht gesucht. Doch eines Tages waren sie gegangen und nicht mehr zurückgekehrt. Seit diesem Tag war es still geworden. Und einsam! Nur ein schwarzer Kater fand manchmal durch ein zerbrochenes Fenster noch seinen Weg hier herein. Aber der hielt nur Ausschau nach Mäusen und nahm ansonsten keinerlei Notiz von der kleinen Kirche.

Spaziergänger, die von Zeit zu Zeit stehen blieben, hielten sich stets in sicherem Abstand. „Sie ist verwunschen", raunten die Alten, „da spukt's bestimmt", meinten die Kinder, „wir sollten sie abreißen", sagte ein Mann, „ein Schandfleck", schimpften einige Frauen.

Diese Worte machten die kleine Kirche traurig. Warum redeten diese Menschen nur so? Wussten sie denn nichts von ihrer Seele? Ahnten sie nicht, dass sich auch eine kleine Kirche nach Gesellschaft, Freude und Leben sehnte?

Am einsamsten aber fühlte sich die kleine Kirche zur Weihnachtszeit, dann wenn die Häuser in der Umgebung hell erleuchtet vor sich hin strahlten und nur ihre eigenen Fenster dunkel und kalt blieben.

Als die kleine Kirche schon beinahe jede Hoffnung aufgegeben hatte, kam eines Morgens ein Menschenpaar des Wegs. Die jungen Leute gingen nicht wie die anderen Spaziergänger vorbei, sondern kamen direkt auf die kleine Kirche zu und blieben vor ihrem Eingang stehen.

Die kleine Kirche klapperte freudig mit ihrer schiefen Eingangstür. Kam etwa endlich wieder Besuch?

Und tatsächlich, die junge Frau zog einen großen Schlüssel aus ihrer Tasche und versuchte, damit die Tür zu öffnen. Ihr Begleiter, ein großer Mann, schaute indessen prüfend an der Fassade empor.

„Deine Oma hat recht, sie ist schon ziemlich alt", meinte er skeptisch.

Ängstlich vernahm die kleine Kirche diesen Satz und sperrte sich, ihre Tür zu öffnen. Doch als die Frau fast zärtlich über das abgeblätterte Türblatt strich, konnte sie nicht mehr anders und gab bereitwillig nach.

Die beiden traten ein und schlenderten langsam durch den Raum. Die kleine Kirche hielt vor Aufregung den Atem an.

Vor dem alten Altar blieb die junge Frau stehen.

„Ja, sie ist alt. Aber sieh doch nur, sie ist auch etwas ganz Besonderes", meinte sie und schaute sich verträumt um.

Die kleine Kirche hörte es und seufzte vor Freude, dass es im Gebälk nur so knirschte.

„Hör nur, sie spricht mit uns", freute sich die Frau und ihr Freund meinte schmunzelnd:

„Kein Wunder. Dein Anblick erweckt eben selbst eine alte Kirche wieder zum Leben."

Einige Jahre später war die alte Kirche nicht mehr wiederzuerkennen. Sie trug jetzt ein schickes rotes Dach und in der restaurierten Fassade fügte sich ein Stein auf den anderen.

Die Zeiten der Einsamkeit gehörten der Vergangenheit an. Das Leben war in ihre Mauern zurückgekehrt. Die beiden jungen Leute hatten bald andere Menschen mitgebracht und alle zusammen hatten dafür gesorgt, dass die kleine Kirche in neuem Glanz erstrahlte.

Am schönsten aber war es zur Weihnachtszeit. Dann fanden viele Menschen in der kleinen Kirche Platz. Sie freuten sich an der Wärme und Behaglichkeit, und sie brachten Lieder und Geschichten mit. Besonders stolz war die kleine Kirche auf all die unzähligen Lichter und Kerzen, die dann in ihren Fenstern leuchteten und die selbst die modernen Nachbarhäuser zum Staunen brachten.

Die kleine Kirche war glücklich! Endlich sorgten und kümmerten sich wieder Menschen um sie. Menschen, die ihren wahren Wert erkannt und ihr zu neuem Leben verholfen hatten.

Für die Spaziergänger allerdings, die nach wie vor neugierig herüberschauten, jetzt aber „was für ein Prachtstück" riefen, hatte die kleine Kirche keinen einzigen Blick mehr übrig.

Das Weihnachtswunder

Ein bleicher Vollmond hing an diesem 24. Dezember im Jahre 1914 am Himmel und beleuchtete das Feld, auf dem sie sich gestern noch erbittert bekämpft hatten. Heute herrschte Ruhe, eine fast unheimliche Stille, die aber jederzeit durch eine Gewehrsalve unterbrochen werden konnte.

Sie hatten sich in ihren Schützengräben verschanzt, kaum fünfzig Meter von den Feinden entfernt.

Die Nacht war frostig. Die Kälte ließ nicht nur seine Hände und Füße erstarren, sondern nistete sich auch in seinem Herzen ein.

Von seiner Begeisterung, mit der er im letzten Sommer zusammen mit seinen Klassenkameraden losgezogen war, war jetzt, wo der Krieg nicht einmal ein halbes Jahr ging, nichts mehr übrig. Und auch seine Hoffnung, Weihnachten längst wieder zu Hause zu sein, wie es ihnen versprochen worden war, hatte sich zerschlagen.

Nun saß er hier, eingehüllt in seinen Mantel, fror erbärmlich und sehnte sich in die warme Stube zu seinen Eltern und seinem kleinen Bruder, der vielleicht gerade in diesem Moment glücklich seine Geschenke auspackte.

Geschenke hatte es auch hier an der Front gegeben. Im Paket von seinen Eltern waren warme Sachen, Lebensmittel und noch ein paar andere Dinge gewesen, die ihm das Leben hier leichter machen sollten. Ein Leben, von dem er nicht wusste, ob er es morgen überhaupt noch besaß oder ob ihn die Briten dann bereits zum Teufel geschossen hatten.

Wahrscheinlich war ihm deswegen auch das Geschenk der Heeresleitung, die Tausende von kleinen Christbäumchen an die Front geschickt hatte, als der blanke Hohn erschienen.

Fritz seufzte und machte sich auf den Weg zurück zu seinen Kameraden. Aber kaum war er ein paar Meter im Graben gegangen, da blieb er schlagartig wieder stehen.

Eine Stimme drang an sein Ohr, sanft und wohlklingend, ganz anders als der sonst übliche Befehlston. Für einen Moment glaubte er, den Verstand verloren zu haben.

Angespannt lauschte er. Nein, wirklich, es war keine Einbildung seines verzweifelten Hirns. Nun konnte er die Stimme ganz deutlich hören. Leise und zögernd sang sie ein Lied. Ein Weihnachtslied!? Jetzt griffen andere, tiefere Stimmen die Melodie auf und stimmten in den Gesang ein.

Das müssen meine Kameraden sein, dachte Fritz erschrocken und lief nun stolpernd und rutschend den Graben entlang, der Musik entgegen. Die müssen verrückt geworden sein! Die Tommys brauchten doch bloß in Richtung ihrer Stimmen zu schießen.

Beim Näherkommen konnte er nun auch den Text verstehen. „Stille Nacht, heilige Nacht", sangen sie. Was für ein Galgenhumor in ihrer jetzigen Situation!

Als Fritz um eine Ecke im Schützengraben bog, traute er seinen Augen nicht. Da saßen wirklich alle seine Kameraden beisammen und sangen, Paule, der Jüngste, mit seiner hellen Jungenstimme, in der Mitte.

Doch als wenn das nicht schon schlimm genug wäre, hatten sie auch noch unzählige dieser kleinen Weihnachtsbäumchen am Grabenrand aufgestellt und die Kerzen angezündet.

Jetzt brauchen die Tommys sich noch weniger anzustrengen und müssen einfach nur auf die Lichter zielen, warnte er sie, aber seine Kameraden lachten nur.

„Setz Dich zu uns. Es ist Weihnachten. Da werden die schon nicht schießen."

Über so viel Unverstand konnte Fritz nur den Kopf schütteln, ergab sich aber schließlich in sein Schicksal. Sollte er der Einzige sein, der sich vor Angst wie ein Maulwurf im Dunkeln verkroch?

„Stille Nacht, heilige Nacht", sang er nun mit den anderen und Tränen traten ihm in die Augen.

Als das Lied zu Ende war, blieb es einen Moment still. Dann ertönte plötzlich Applaus.

Die Männer sahen sich perplex an. Aber bevor einer von ihnen ein Wort sprechen konnte, setzte keine fünfzig Meter von ihnen entfernt ein Männerchor ein, der die eben noch gesungene, vertraute Melodie aufgriff und mit anderen, unbekannten Worten versah: „Silent Night, holy Night".

„Sie singen unser Lied auf Englisch", rief Karl, der früher ein paar Jahre in England gelebt hatte und die Sprache leidlich beherrschte, entgeistert.

Neugierig spähte nun ein deutscher Soldat nach dem anderen über den Rand des Schützengrabens. Und da sahen sie, dass auch die Engländer Kerzen aufgestellt hatten.

Fritz fand, es wirkte wie das Rampenlicht eines Theaters, ein Eindruck, den der von dort kommende Gesang noch verstärkte.

Als die Engländer ihr Lied beendet hatten, klatschten nun die Deutschen ihrerseits.

„Merry Christmas, Tommys", rief Karl mutig.

„Merry Christmas, Jerrys", antwortete eine Stimme aus dem Graben der Engländer.

Und dann geschah das nächste Wunder an diesem Abend, einer der Engländer kletterte aus seinem Graben, hielt beide Arme nach oben und winkte mit den Händen.

„Er hat Zigaretten in der Hand", rief Paule.

„Und eine Flasche Schnaps", ergänzte Fritz. „Los, Karl, Du kannst Englisch. Geh zu ihm und sag ihm, dass wir genug Bier für alle haben."

Karl bekam es nun doch mit der Angst zu tun. Das konnte ja auch eine Falle der Tommys sein, die vielleicht nur auf eine Gelegenheit warteten, um sie alle abzuknallen.

Aber wollte er als Feigling vor seinen Kameraden dastehen? Außerdem wartete dieser englische Soldat dort wie auf einem Präsentierteller. Sollte ein Tommy etwa mutiger sein als er selbst?

Also nahm Karl seinen ganzen Mut zusammen und kletterte aus dem Graben. Schritt für Schritt gingen dann er und der Engländer aufeinander zu, während die Kameraden mit den Köpfen über den Grabenrand spähten und vor Anspannung kaum zu atmen wagten.

Dann war der Moment gekommen: Karl und der Engländer hatten sich in der Mitte getroffen. Einen Augenblick sahen sie sich zögernd an, dann reichten sie einander die Hände, klopften sich auf die Schultern und plötzlich lachten sie.

Sie sprachen ein paar Worte, dann drehte Karl sich um und winkte seinen Kameraden zu.

„Kommt, lasst uns Weihnachten feiern."

Und als diese sahen, wie sich ein Engländer nach dem anderen aus dem Graben wagte, gab es auch für sie kein Halten mehr.

Deutsche und englische Soldaten gingen aufeinander zu, begrüßten sich, wünschten einander „Frohe Weihnachten" und „Merry Christmas" und tauschten später sogar kleine Geschenke aus. Es wurde gelacht, getrunken, geredet, wobei Karl mit dem Übersetzen kaum hinterherkam, und es wurden Fotos gezeigt.

Paule hatte genau in der Mitte zwischen ihren Schützengräben eines der kleinen Bäumchen aufgestellt und um diesen Mini-Weihnachtsbaum standen nun die Soldaten herum und sangen gemeinsam Weihnachtslieder.

Was für eine unvergessliche Nacht, dachte Fritz später, als er wieder in seinem Schützengraben saß. Und was für lustige Typen diese Tommys doch waren. War es nicht verrückt, auf Menschen zu schießen, mit denen man lachen und singen konnte?

Eine Frage, die nicht nur er sich damals stellte und die den Befehlshabern gar nicht gefallen hat. Deswegen wurde kurz darauf jeder weitere Kontakt zu feindlichen Soldaten kriegsrechtlich verboten.

So wiederholte sich das Weihnachtswunder von 1914 in den darauf folgenden Kriegsjahren leider nicht, doch bis heute bleibt es unvergessen.

Vom Sinn des Lebens

Gelangweilt stand das kleine Tannenbäumchen auf der Wiese. Der Wind streichelte seine Äste und der Regen gab ihm zu trinken. Die Sonne wärmte es und die Vögel sangen ihm ein Lied. Aber trotzdem war das Tannenbäumchen unzufrieden.

War es nicht das schönste und gesündeste Bäumchen weit und breit? Gerade gewachsen, mit einer hübschen Spitze und einem immergrünen Nadelkleid.

Hatte es da nicht Besseres verdient, als hier herumzustehen? Sollte das alles in seinem Leben sein?

Das Schicksal schien es gut mit ihm zu meinen. Denn eines Tages kam ein Mensch, grub es aus und pflanzte es in einen Topf.

Das Tannenbäumchen war aufgeregt. Jetzt endlich passierte etwas, jetzt fing sein Leben richtig an.

Und wirklich, der Mensch brachte das Tannenbäumchen in sein Zuhause und stellte es im Wohnzimmer auf. Dort wurde es dann mit den schönsten Kugeln und Sternen geschmückt.

Das Tannenbäumchen war glücklich. Nun bin ich noch viel schöner als zuvor, dachte es. Wenn mich doch nur der Wind, die Sonne und der Regen so sehen könnten, jetzt, wo ich noch hübscher anzuschauen bin als die Vögel in ihren bunten Federkleidern.

Stolz richtete sich das Bäumchen so gerade auf, wie es nur konnte, um sich von seiner allerbesten Seite zu zeigen.

Ein paar Tage genoss das Bäumchen das Treiben der Menschen um es herum.

Aber mit der Zeit wurde es ihm eng und trocken in seinem Topf. Die Wurzeln wollten wachsen, konnten es aber nicht, und die paar Tropfen Wasser, die die Menschen ihm gaben, vermochten nicht seinen Durst zu stillen. Die schweren Kugeln und Sterne drückten und zogen an seinen Zweigen und so manche seiner Nadeln fiel zu Boden.

Ach, wie wünschte sich das Tannenbäumchen da zurück auf seine Wiese zu seinen Freunden, dem Regen, dem Wind und der Sonne. Wie vermisste es die lustigen Vöglein, die nie müde wurden, ihm ein Liedchen zu singen.

Dabei habe ich doch nur etwas Besonderes sein wollen, dachte es traurig. Nun stehe ich hier wie ein lebloses Möbelstück.

Die Tage gingen ins Land. Schon halb vertrocknet, fügte sich das Bäumchen in sein Schicksal und träumte nur manchmal noch von der Wiese und seinen Freunden.

Als das Tannenbäumchen schon jede Hoffnung auf ein besseres Leben aufgegeben hatte, nahmen ihm die Menschen plötzlich die Last des schweren Schmuckes ab und trugen es nach draußen. Dort befreiten sie das Bäumchen aus seinem Topf und pflanzten es in den Garten. Erleichtert streckte das kleine Tannenbäumchen seine Wurzeln in die kühle, frische Erde.

„Da bist Du ja wieder", zwitscherten die Vögel und die Sonne lachte dazu vom Himmel.

Dann kam der Regen und erfrischte das Bäumchen von der Spitze bis zur Wurzel. Er hinterließ glitzernde Tropfen auf seinem Nadelkleid, die waren viel schöner als der Schmuck, den es im Hause getragen hatte.

„Willkommen", rief der Wind und als er durch die Äste fuhr, sah es aus, als winke das Tannenbäumchen seinen Freunden zu.

Die Jahre vergingen und aus dem kleinen Tannenbäumchen wurde ein stattlicher, großer Baum. Die Vögel bauten sich Nester in seinen Zweigen und im Sommer saßen die Menschen unter seinen Ästen im Schatten.
Wie schön das Leben doch ist, wenn man seinen richtigen Platz gefunden hat, dachte der Tannenmann so manches Mal zufrieden.
Aber das hatten seine Freunde, der Wind, die Sonne und der Regen schon immer gewusst.

Auf ein Neues

Kurz vor Zwölf –
noch einmal schauen wir zurück,
denken an die Momente voll Freude, Trauer und Glück.
Das neue Jahr wartet bereits vor dem Haus,
mit Feuerwerk und Gesang treiben wir das alte hinaus.

Auf ein Neues!,
rufen wir uns um Mitternacht zu,
haben die nächsten Tage kaum Rast, noch Ruh'.
Gute Vorsätze sind zu erfüllen, sehr viele,
zudem eine Menge Wünsche und Ziele.

Doch kaum ist die erste Woche vorbei,
sind die meisten vergessen und einerlei.
Sich zu verändern, das fällt eben schwer,
besser, wir leben weiter,
so wie bisher!

Das besondere Geschenk

Sabine blickte aus dem Fenster und betrachtete das Treiben auf dem Weihnachtsmarkt. Vor ein paar Minuten hatte es zu schneien begonnen. Nun war schon alles von einer weißen Schicht bedeckt und wirkte wie verzaubert.

Leider sah Petra das anders: „Was für ein Wetter! Hoffentlich komme ich heil nach Hause. Wenn ich nur an die steile Straße zu meinem Elternhaus denke. Bestimmt gerate ich da ins Rutschen."

Sabine musste schmunzeln. Wie konnte man nur alles so schwarzsehen? Im Harz war man anderes gewohnt und die paar Schneeflocken würden schon nicht gleich zu einem Verkehrschaos führen.

Vielleicht war es doch keine so gute Idee gewesen, Petra zu einem Kaffee zu überreden, denn ihre alte Schulfreundin war unübersehbar schlecht drauf.

Dabei hatte sich Sabine vorhin wirklich gefreut, Petra nach so vielen Jahren wiederzusehen. Sie waren sich auf dem Weihnachtsmarkt zufällig über den Weg gelaufen, als Sabine gemütlich von Bude zu Bude geschlendert und Petra, auf der Suche nach den letzten Geschenken, angehastet gekommen war.

Trotz ihrer offensichtlich knappen Zeit hatte sie zugestimmt, Sabine in eines der Cafés zu begleiten. Eine Entscheidung, die Petras Stimmung aber leider nicht verbesserte.

„Du bist die Berge nicht mehr gewohnt, stimmt's?", versuchte Sabine die Situation ein wenig aufzulockern. Ihre alte Freundin war gleich nach dem Abitur nach Hannover gezogen und seitdem hatten sie sich auch aus den Augen verloren.

„Richtig. Mir ist die Großstadt auch bedeutend lieber. Nur jetzt in der Vorweihnachtszeit nervt es da völlig. Du kannst nicht in die Innenstadt gehen. Diese Menschenmassen, das Gedrängele, noch schlimmer als hier." Sie wies zum Fenster. „Und dann diese aufdringliche Weihnachtsmusik und die komischen, nachgemachten Weihnachtsmänner. Und dieser Konsum. Es geht doch nur noch ums Geld. Wenn ich daran denke, dass die mitten im Hochsommer angefangen haben, Lebkuchen zu verkaufen. Da kann es einem doch vergehen."

Sabine grinste. Mit dem letzten Punkt hatte Petra ja nicht unrecht. Auch sie mochte bei 30 Grad Hitze keine Schokoladenpfefferkuchen essen, aber ansonsten übertrieb ihre alte Freundin doch maßlos.

„Was heißt Konsum? Ich liebe diese trubelige Vorweihnachtszeit und Geschenke gehören doch zu Weihnachten einfach dazu."

Aber Petra war auch hier anderer Meinung. „Mein Mann und ich schenken uns seit Jahren nichts mehr. Wir können uns doch alles kaufen."

„Gar nichts?" Sabine war schockiert. Mark und sie freuten sich jedes Jahr auf die Bescherung. Ihr Mann gab sich immer die größte Mühe, sie mit etwas wirklich Schönem zu überraschen, und sie überlegte schon Monate vorher, womit sie ihm eine Freude machen konnte.

Petra schüttelte den Kopf. „Nein. Früher mal. Oder wir haben uns zusammen was gegönnt, wie damals unsere große Karibikreise. Das war direkt zu Weihnachten und wir sind so dem ganzen Theater aus dem Weg gegangen. Statt Weihnachtsbäumen hatten wir Palmen und statt eisigen Fingern einen Sonnenbrand."

Petra lächelte bei dieser Erinnerung, aber Sabine war fassungslos. So wollte sie Weihnachten auf keinen Fall verbringen.

„Aber ich dachte, Du warst eben, als wir uns getroffen haben, auch auf der Suche nach Geschenken?"

„War ich auch, wenn auch gegen meine Überzeugung. Aber ich brauche noch etwas für meine Eltern und vielleicht auch noch eine Kleinigkeit für Anni."

„Wie alt ist Deine Tochter denn inzwischen?" Sabine hatte vor langer Zeit von Bekannten gehört, dass Petra geheiratet hatte und etwas später auch Mutter geworden war.

„Anni ist sechs."

Sabine nickte. Sechs schon. Mark und sie hatten keine Kinder. Vielleicht legten sie deshalb so viel Wert auf die Bescherung, weil es sonst niemanden gab, den sie beschenken konnten? Ach, das war Unsinn. Immerhin waren da noch ihre Eltern und Schwiegereltern, ihre Geschwister mit Familien inklusive Kinder und zahlreiche Freunde.

Petra lehnte sich zurück und seufzte. „Ich liebe mein Kind, wirklich, aber dieses Jahr schafft sie mich. Sie wünscht sich zu Weihnachten unbedingt ein Haustier. Ich habe ihr gesagt, dass man keine Lebewesen verschenkt und dass so ein Tier viel Arbeit macht und Verantwortung mit sich bringt. Aber was sich Anni einmal in den Kopf gesetzt hat, kriegst du nicht mehr raus. Seit Wochen liegt sie uns damit in den Ohren. Wir haben ein Puppenhaus und ein Fahrrad für sie, aber ich befürchte, am Heiligen Abend wird es trotzdem ein riesiges Theater geben. Dann, wenn sie sieht, dass sich ihr Wunsch nicht erfüllt hat und stattdessen nur ein Plüschtier unter dem Baum liegt."

Sabine nickte. „Das kann ich mir gut vorstellen. Als ich so alt war, habe ich mir auch ein Haustier gewünscht. Ich wollte damals unbedingt eine Katze haben."

Und bevor Petra etwas entgegnen konnte, begann sie zu erzählen, denn plötzlich standen ihr die Bilder von damals so deutlich vor Augen, als wäre es erst gestern gewesen:

Sie saß am Fenster und drückte sich die Nase an der Scheibe platt, um ja nicht die Ankunft des Weihnachtsmannes zu verpassen. Letztes Jahr hatte er seine Geschenke heimlich unter den Baum gelegt und war ungesehen wieder verschwunden, das sollte ihr dieses Mal auf keinen Fall passieren.

Es schneite schon den ganzen Tag, da musste er heute sicher mit einem Schlitten kommen. Und da sie das ganze Jahr artig gewesen war und in der Schule fleißig gelernt hatte, würde er ihr bestimmt ihren Herzenswunsch erfüllen. Auch wenn ihre Mutter meinte, dass sie noch zu klein sei, um die Verantwortung für ein Tier zu übernehmen. Was aber nicht stimmen konnte, andere Kinder in ihrer Klasse besaßen ja auch ein Haustier. Das würde der Weihnachtsmann ganz bestimmt wissen.

In diesem Moment rief ihre Oma aus der Küche und fragte, ob sie ihr beim Abwasch helfen könnte.

Jetzt? Ungern verließ sie ihren Wachposten am Fenster. Aber ihre Oma war nicht nur ihre Beste, sie war auch schon alt. Wie hätte sie ihr da die ganze Arbeit allein überlassen können?

Als sie danach in die Stube zurückkehrte, leuchteten am Weihnachtsbaum bereits die Kerzen. Dann sah sie die vielen Pakete und Päckchen.

Oh, nein, schon wieder war es passiert: Sie hatte den Weihnachtsmann verpasst! Ganz umsonst hatte sie ein neues Gedicht und sogar ein Lied gelernt.

Aber was viel schlimmer war, beim Auspacken ihrer Geschenke wurde ihr klar, dass der Weihnachtsmann ihren Wunsch nicht erfüllt hatte. Nichts bewegte sich unter dem Baum, kein Kätzchen schnurrte dort, spielte mit den Kugeln oder kuschelte mit dem neuen Schal ihres Vaters. Nur eine langweilige Stoffkatze schaute sie aus ihren Knopfaugen dumm an.

Was hatte sie denn nur falsch gemacht? War sie etwa doch frech und ungezogen gewesen und konnte sich nur nicht erinnern?

Ein Tier machte viel zu viel Arbeit, erklärte ihre Mutter auf ihre Frage hin, und kostete auch noch eine Menge Geld. Ihr Vater und ihre Oma sagten dazu nichts, wechselten aber ganz eigenartige Blicke.

Es wurde ein trauriger Heiligabend für sie. Sie hatte wie immer viele schöne Geschenke bekommen, aber nichts machte ihr richtige Freude. Auch das Abendessen am festlich gedeckten Tisch, mit den bunten Kristallgläsern, die ihre Mutter nur zu besonderen Anlässen herausholte, war dieses Mal nichts Besonderes.

Sie fragte sich die ganze Zeit nur, was sie hätte besser machen können und welches Kind jetzt an ihrer Stelle das Kätzchen, das sie sich so wünschte, im Arm hielt.

In der Nacht weinte sie sich heimlich in den Schlaf. Jetzt musste sie wieder ein Jahr warten und sich in dieser Zeit noch mehr anstrengen. Von ihren Eltern würde sie kein Haustier bekommen, das war ihr klar. Ihre einzige Chance war der Weihnachtsmann.

Der nächste Morgen begann so trostlos, wie der Abend geendet hatte. Nicht mal die leckeren Zimtplätzchen, die es heute ausnahmsweise zum Frühstück gab, konnten ihre Stimmung verbessern. Später ging sie in ihr Zimmer und malte traurig ein Kätzchen nach dem anderen auf ihre neue Tafel, als es plötzlich an der Tür klingelte.

Ihr erster Gedanke war: der Weihnachtsmann! Aber das war natürlich Quatsch, wurde ihr gleich darauf klar, denn der Weihnachtsmann war ja längst zurück an seinem Nordpol.

Doch neugierig, wie sie war, rannte sie natürlich zur Tür. Vielleicht war ja ihre Oma zurück, die heute Morgen schon früh aus dem Haus gegangen war, um alte Bekannte zu besuchen.

Ihre Mutter war bereits vor ihr am Eingang.

„Ich glaube, da wurde etwas für Dich abgegeben", sagte sie lächelnd und hielt ihr die Tür weit auf.

Und tatsächlich stand auf dem Treppenabsatz ein großer Karton.

Neugierig trat sie näher und bemerkte, dass der Deckel der Kiste einige runde Löcher hatte.

Nanu, was war das denn? Sie beugte sich hinunter, um den Karton zu öffnen, da hörte sie plötzlich ein unheimliches Kratzen und Scharren, sodass sie erschrocken zurückwich.

Sie wollte ihre Mutter zu Hilfe rufen, aber die war längst wieder im Haus verschwunden und auch von ihrem Vater fehlte jede Spur.

Eine Sekunde überlegte sie, die Kiste einfach nicht weiter zu beachten und wieder nach drinnen zu gehen. Aber die Geräusche wurden nun immer lauter und da war es ihr, als hörte sie ein leises, klägliches Mauzen. Ein Mauzen? Nein, das musste sie sich eingebildet haben.

In diesem Moment, wo Neugier und Angst in ihr kämpften, boxte plötzlich etwas von innen gegen den Deckel und dieser schob sich dadurch ein Stück beiseite.

Zögernd beugte sie sich noch tiefer über die Kiste und da erblickte sie im Inneren einen kleinen Kopf mit hoch aufgestellten spitzen Ohren und großen, weit aufgerissenen Augen, die im Halbdunkel glitzerten und funkelten.

Ein Kätzchen! Sie konnte es kaum glauben. In diesem Karton saß ein echtes, lebendiges Kätzchen! Der Weihnachtsmann musste seinen Fehler wohl bemerkt und es noch vorbeigebracht haben. Zwar hatte sie ihn nun schon wieder verpasst, aber das war nicht mehr wichtig. Gerade kam ihre Oma um die Ecke, und so rief sie ganz aufgeregt:

„Schau nur, ich habe ein Kätzchen."

„Dann wollen wir es hier draußen nicht erfrieren lassen", meinte ihre Oma und half ihr, die Kiste nach drinnen zu tragen.

Im Wohnzimmer ließen sie die kleine Katze heraus. Die machte sich erst mal ganz lang und gähnte herzhaft. Dann gab sie ein bestimmt klingendes Miau von sich und lief mit hoch aufgestelltem Schwanz los, um ihr neues Zuhause zu erkunden. Auch dem Weihnachtsbaum wurde dabei ihre Aufmerksamkeit zuteil. Die bunten Kugeln waren aber auch ein gar zu schönes Spielzeug.

Komischerweise schimpfte ihr Vater nicht darüber, sondern lachte nur, als sich die Katze mit ihrem kleinen Köpfchen in seine Hand schmiegte. Und auch ihre Mutter schien plötzlich keine Einwände mehr gegen ein Haustier zu haben, sondern versorgte das Kätzchen mit allerlei Leckereien.

„Ich hab es Euch ja gleich gesagt, so eine Katze wickelt jeden um den Finger", lachte die Oma und Sabine lachte mit ihr, auch wenn sie den Satz nicht ganz verstand.
Dafür verstanden Minka, so hatte sie ihre neue Freundin getauft, und sie sich auf Anhieb.
Und sie war das glücklichste Mädchen der Welt, als die kleine Katze später auf ihrem Schoß lag, sich mit ihrer kleinen rosafarbenen Pfote über die Ohren rieb und dabei schnurrte, dass es klang, als wenn ein kleiner Motor in ihrem Inneren in Betrieb wäre.
„Und sie hat gar kein Geld gekostet. Sie ist ein Geschenk", meinte sie und lächelte ihre Mutter an.
Diese nickte, aber ihre Oma erklärte ihr später, dass ein Tier kein Geschenk war, so wie eine neue Puppenstube oder ein Fahrrad.
„Ein Tier ist kein Besitz, sondern ein Wesen mit eigenem Willen und eigenen Gefühlen, für dessen Freundschaft wir dankbar sein sollten."

„Und das war ich", meinte Sabine seufzend. „Und ich bin es bis heute, auch wenn Minka längst nicht mehr da ist."
Sie atmete tief durch und lehnte sich zurück. Die Erinnerungen an Minkas Einzug waren so deutlich gewesen, dass sie für eine Weile fast die Gegenwart vergessen hatte. Und dabei war das alles so viele Jahre her.
Petra unterbrach ihre Gedanken. „Wo kam diese Katze denn damals plötzlich her?"
„Das habe ich erst viel später erfahren. Meine Oma hatte eine Freundin mit einem kleinen Bauernhof. Dort lebte eine ganze Katzenschar. Ihre Freundin war froh über jedes Tier, das sie davon vermitteln konnte."
„Und Deine Eltern hatten dann plötzlich nichts mehr dagegen?"

Sabine lachte. „Meine Oma konnte sehr überzeugend sein. Und Minka hat alle Herzen im Sturm erobert und gehörte bald ganz selbstverständlich zur Familie."

„Was ist aus ihr geworden?" Petras schlechte Laune war verflogen. Sie wirkte jetzt sehr nachdenklich.

„Sie hatte ein langes, schönes Katzenleben. Fast 18 Jahre ist sie alt geworden." Wehmütig lächelte Sabine bei dem Gedanken an ihre kleine tierische Freundin. „Sie fehlt mir manchmal heute noch."

Petra nickte. „Kann ich verstehen. Ich mag Katzen auch gern."

„Warum willst Du dann keine? Habt Ihr keinen Platz oder ist Dein Mann dagegen?"

Petra zögerte. „Jörg liest Anni jeden Wunsch von den Augen ab. Wenn es nach ihm ginge, hätten wir, wenn unsere Tochter sich das wünschen würde, auch ein Krokodil. Platz haben wir eigentlich auch, wir wohnen in einem Haus am Stadtrand."

Sabine nickte. „Und wo ist dann das Problem?"

Sie konnte förmlich sehen, wie es in Petras Kopf ratterte. Es dauerte eine Weile, bis diese ihr antwortete:

„Das Problem bin wohl nur ich, weil ich immer alles viel zu eng sehe. Ich suche Probleme, wo keine sind, und mache damit mir und anderen das Leben schwer."

Petra seufzte und Sabine meinte, eine Träne in ihrem Auge glitzern zu sehen.

Doch darauf konnte und wollte sie nichts antworten.

Da sie längst ihren Kaffee ausgetrunken hatten, winkte Sabine die Kellnerin heran, um zu zahlen.

Als sie dann ihre Jacken anzogen, nahm Petra sie plötzlich in den Arm und drückte sie ganz fest. „Danke."

Sabine war überrascht. „Wofür?"

„Für den Kaffee und dafür, dass Du mir die Augen geöffnet hast. Haustiere sind eine ganz besondere Freude. Warum sollte ich sie meiner Tochter vorenthalten? Ich werde gleich heute mit ihr reden und ihr klarmachen, dass man Tiere nicht verschenken kann und sie deshalb auch keines zu Weihnachten bekommen wird. Aber gleich nach den Feiertagen werden wir zusammen ein Tierheim besuchen und schauen, welches Tier uns das Geschenk macht, unser Freund zu sein."

Sabine lächelte gerührt. „Hoffentlich kein Krokodil."

„Eine Katze oder ein Hund wären mir auch lieber", lachte Petra und hakte sie unter. „Komm, ich lade Dich auf einen Glühwein ein. Auf diese Entscheidung müssen wir anstoßen."

Kichernd, wie früher als Schulmädchen, verließen sie das Café. Es schneite immer noch, aber nun schien das Petra nicht mehr zu stören.

Die Frau im Spiegel

(In Erinnerung an meine Eltern)

Die Wintersonne zauberte bunte Farbtupfer an die Wand. Marie stand vor dem großen Schlafzimmerspiegel und kämmte sich die Haare. Mit jedem Bürstenstrich spürte sie, wie die Anspannung in ihr nachließ und sie endlich zur Ruhe kam.

Wie immer war sie auch in diesem Jahr im Zweifel gewesen, ob sie mit all ihren Vorbereitungen pünktlich fertig werden würde. Da waren die passenden Geschenke zu finden und kunstvoll zu verpacken, das Haus musste geputzt werden, dann noch einkaufen, backen, kochen und natürlich den Baum schmücken. Die Zeit flog förmlich dahin und plötzlich stand Weihnachten vor der Tür, freudig erwartet und doch wieder viel zu schnell. Aber jetzt war alles bereit. Ein liebevoll gedeckter Tisch wartete auf die Kinder, die gleich zu Besuch kommen würden.

Sie freute sich sehr auf all ihre Lieben. Aber es war auch gut, noch ein paar Momente für sich zu haben, bevor der Trubel richtig begann.

Mit jedem Jahr schien die Familie größer zu werden, denn inzwischen waren auch die Enkelkinder längst erwachsen und brachten ihre eigenen Partner mit. Und sicherlich war es nur noch eine Frage der Zeit, bis auch das erste Urenkelkind begeistert nach den bunten Kugeln am Baum greifen würde.

Lächelnd betrachtete sie ihr Gesicht im Spiegel. Die Jahre waren auch an ihr nicht spurlos vorbeigegangen, doch noch immer war sie eine attraktive Frau. Die kleinen

Fältchen hatte sie längst als einen Teil ihres Selbst akzeptiert und ihre braunen Augen blickten klar und aufmerksam in die Welt.

Genau in diesem Moment fand ein vorwitziger Sonnenstrahl seinen Weg direkt in den Spiegel und ließ ihr Gesicht erstrahlen. Und auf einmal war es ihr so, als verschwimme Zeit und Raum, und vor sich sah sie die junge Frau im blauen Kleid, die sie einmal gewesen war ...

„Darf ich bitten?" Der junge Mann verbeugte sich galant und bot ihr seinen Arm.

Überrascht nickte sie und ließ sich schüchtern von ihm zur Tanzfläche geleiten. Die Takte des Schlagers klangen vertraut an ihr Ohr. Doch verkrampft, wie sie war, bemühte sie sich die ganze Zeit nur, nichts falsch zu machen. Dabei war er ein guter Tänzer und hielt sie mühelos.

Und dann war das Lied auch schon zu Ende und die Kapelle machte eine Pause. Er führte sie zurück an ihren Platz und verabschiedete sich mit einer Verbeugung.

Bevor sie überhaupt richtig zur Besinnung gekommen war, stürzte schon ihre Freundin auf sie zu. Wie immer wollte Heide es ganz genau wissen.

„Marie, erzähl schon, wie heißt er? Wo wohnt er? Ist er älter als Du? Werdet Ihr Euch wiedersehen?"

Sie zuckte nur mit den Schultern, wusste sie ja selbst nicht einmal, ob sie nun erleichtert oder enttäuscht sein sollte. Erleichtert, dass der Tanz vorbei war, ohne dass sie gestolpert oder ihm auf den Fuß getreten war. Enttäuscht, weil sie nicht einmal seinen Namen wusste und er genauso schnell wieder verschwunden, wie er aufgetaucht war.

Doch da war die Pause schon vorüber und die Kapelle griff erneut zu ihren Instrumenten.

„Damenwahl", ertönte es. Heide klatschte begeistert in die Hände und sprang wie von der Tarantel gestochen auf.

„Komm schon", rief sie ihr nur noch über die Schulter zu und stürmte zum Nebentisch, um sich einen ihrer Traummänner zu greifen. Heide war da nicht besonders wählerisch, nur groß und schlank musste er sein. Möglicherweise zogen sich Gegensätze ja an.

Zögernd stand Marie neben ihrem Stuhl. Wen sollte sie denn nur auffordern? Sie war zum ersten Mal hier und kannte doch niemanden.

Doch als wäre ihr Flehen erhört worden, entdeckte sie in diesem Augenblick ihren Cousin Erwin. Sie wohnten beide in derselben Straße und waren seit Kindertagen eng miteinander befreundet. Erwin würde ganz sicher mit ihr tanzen.

Den Blick nur auf Erwin fixiert, strebte sie schnurstracks auf die Gruppe junger Männer zu, zu denen ihr Cousin sich gesellt hatte. Doch just im Moment, als sie fast vor ihm stand, tauchte eine andere junge Frau neben ihr auf und griff flink nach Erwins Hand. Ihrem Cousin blieb nichts weiter übrig, als Marie nur kurz zuzunicken und auf die Tanzfläche zu entschwinden.

Und Marie stand mit gesenktem Kopf da wie ein begossener Pudel, lief knallrot an und wollte schon auf dem Absatz kehrtmachen. Da spürte sie eine Hand auf ihrem Arm. Erstaunt schaute sie auf und blickte genau in die grauen Augen ihres fremden Tänzers. In ihrer Aufregung hatte sie ihn völlig übersehen, obwohl er nur ein paar Schritte entfernt gestanden hatte.

„Schön, dass Sie mich auffordern wollten", meinte er lächelnd und rettete sie so galant aus der peinlichen Situation. „Ich fand unseren Tanz vorhin auch viel zu kurz. Ach, entschuldigen Sie bitte, ich habe mich noch gar nicht vorgestellt, mein Name ist Walter."

„Marie", hauchte sie zurück und wieder ließ sie sich von ihm auf die Tanzfläche führen. Dabei schaute sie unauffällig an ihrem Tanzpartner empor, der ein ganzes Stück größer war als sie selbst. Wirklich gut sah er aus in seinem braunen Anzug, schlank und dunkelhaarig. Sie spürte, wie ihr Herz bei diesen Gedanken schneller schlug.

Der Rest des Abends gehörte nur ihnen beiden. Walter ließ sie nicht mehr los und ihre Unsicherheit verschwand bald in diesem Taumel aus Musik und Glück, der sie gemeinsam über das Parkett schweben ließ.

Der Refrain der Capri-Fischer klang ihr auch auf dem Rückweg noch in den Ohren ...

Die Tür öffnete sich und der verführerische Duft frischer Plätzchen kitzelte Maries Nase. Irritiert zwinkerte sie und die Bilder der Vergangenheit verblassten. Walter war hereinkommen.

„Schatz, bist Du so weit? Die Kinder sind schon da."

Während er hinter sie trat und die Arme um sie legte, hatte sie für einen Moment das Gefühl, als würden Vergangenheit und Gegenwart eins werden und sie wären wieder dieses Paar an ihrem ersten Abend. Damals im „Stadtpark", als ihre gemeinsame Geschichte begann.

„Walter, weißt Du noch beim Weihnachtstanz, als wir uns zum ersten Mal begegnet sind?"

„Natürlich, wie könnte ich das je vergessen", antwortete er und pfiff ein paar Takte der Capri-Fischer vor sich hin.
Sein Lächeln hatte sich mit den Jahren nicht verändert.
„Wo ist nur die Zeit geblieben. Es kommt mir vor, als wäre es gestern gewesen", meinte sie in Erinnerung an ihre kleine Zeitreise.
Ihr Mann nickte. „Ja, und Du bist noch genauso schön wie damals, mein Schatz."
Verlegen wehrte sie ab, aber Walter ließ sich nicht davon abbringen.
Bei seinen Worten wurde ihr ganz warm ums Herz und liebevoll sah sie ihn an. Heute würden sie nicht nur einen schönen Weihnachtstag mit ihren Kindern und Enkeln verbringen, sondern auch ihren ganz persönlichen Kennenlerntag feiern. Doch das war ihr beider kleines Geheimnis.
„Wie bin ich froh, dass wir uns begegnet sind. Heute vor genau 60 Jahren", meinte sie lächelnd, nahm wie damals seinen Arm und ließ sich von ihm aus dem Zimmer führen.

Wunschzettel

Wenn ich mir was wünschen dürfte,
dann wünscht ich mir eine stille Winternacht,
ganz klar, mit Schnee weiß und weich,
mit einem Tannenbaum im Garten,
bis hoch zum Himmel,
geschmückt mit funkelnden Sternen.

Wenn ich mir was wünschen dürfte,
dann wünscht ich mir deine Hand,
ganz warm und sicher,
ein Lächeln, das bis zu deinen Augen reicht,
und eine Hoffnung, die uns trägt bis hin zum Horizont.

Wenn ich mir was wünschen dürfte,
dann wünscht ich mir ein Stückchen Glück,
für dich, für mich,
für einen jeden Menschen,
auf das daraus ein großes Ganzes werde.

Wenn ich mir was wünschen dürfte,
dann wünscht ich mir einen Traum von Liebe,
so lebendig und stark,
dass er den Morgen überdauert,
und unsere Welt erweckt.

Es ist an der Zeit, Wünsche wahr werden zu lassen!

Weihnachtliche Leseprobe aus „Traumfängerin der Liebe" (Roman)

Julianes Mutter öffnete ihnen bereits beim ersten Klingeln und scheuchte sie nach der Begrüßung gleich ins Wohnzimmer.

„Jetzt aber schnell, die anderen warten schon."

Tatsächlich saßen in der weihnachtlich geschmückten Stube bereits ihr Vater, Oma Traudel und Jenny mit der ganzen Familie am Kaffeetisch. Nur Helena und Tobias konnten leider nicht kommen, da Tobias in seinem neuen Hotel an den Feiertagen arbeiten musste.

Ihre Mutter kam mit dem Kaffee aus der Küche und forderte sie auf, endlich Platz zu nehmen.

„Nun setz Dich erstmal selber und komm zur Ruhe", meinte Julianes Vater zu seiner Frau, die heute einen etwas hektischen Eindruck machte. Denn wie immer sollte Weihnachten alles perfekt sein, ein Vorsatz, der einen schon mal aus der Ruhe bringen konnte.

Ebenso wie die Aussicht auf die baldige Bescherung die Zwillinge ganz zappelig werden ließ. Vor Aufregung bekamen sie keinen Bissen, ihres sonst so heiß geliebten Schokoladenkuchens, hinunter.

„Ich glaub, die beiden haben furchtbare Angst vor dem Weihnachtsmann", meinte Jenny mit ernsten Gesicht.

„Wirklich? Warum denn, waren sie nicht lieb?", ging Juliane auf das Spiel ihrer Schwester ein.

„Doch!", riefen die Kinder wie aus einem Munde.

Die Erwachsenen lachten und beeilten sich heute ausnahmsweise mal mit ihrem Kaffee und Kuchen.

Juliane erinnerte sich, wie aufgeregt sie selbst früher immer vor der Bescherung gewesen war. Damit die Zeit schneller verging, hatten ihre Eltern ihr den Fernseher angeschaltet, und sie konnte Pittiplatsch, dem Lieben, dabei zusehen, wie er seine Großmutter im Koboldland besuchte.

Als Jenny noch ganz klein war, fragte sie ihre eigene Oma einmal, warum sie mit dem Opa nicht auch – so wie Pittis Großmutter – in einer Kaffeekanne wohnte.

Eine Geschichte, die Juliane jetzt zum Besten gab, und die alle, ganz besonders Oma Traudel, zum Lachen brachte.

„Pass mal auf, Schwesterchen, wenn ich Deine alten Storys herauskrame", drohte Jenny, grinste dabei aber über das ganze Gesicht.

Inzwischen war es draußen dunkel geworden. Zeit für ihren Vater, alle in die Küche zu schicken.

„Ich glaube, der Weihnachtsmann wird gleich kommen. Ihr könnt ja schon mal vom Fenster aus, die Straße beobachten." Er zwinkerte Juliane zu. „Und ihr beiden", wandte er sich seinen Enkeln zu, „übt man lieber noch mal Eure Gedichte. Nicht, dass nachher irgendwas schiefgeht und der Weihnachtsmann alle Geschenke wieder mitnimmt."

„Walter", zischte Julianes Mutter ihren Mann an. „Mach den Kindern doch keine Angst."

Und wirklich hatten sie dann in der Küche alle Hände voll damit zu tun, die Zwillinge einigermaßen zu beruhigen.

„Wenn Ihr artig wart, kann Euch doch gar nichts passieren!", versuchte Robert es mit Logik. Aber zumindest Leon schien sich nicht sicher zu sein, ob der Weihnachtsmann seine Ansicht von Artigkeit auch teilte.

Endlich war es soweit. Julianes Vater öffnete die Tür und lud alle ein, wieder hereinzukommen. Während die Kinder losstürmten, folgten die Erwachsenen ein wenig gesitteter.

Leider hatten sie den Weihnachtsmann verpasst, der wohl durch den Kamin gekommen und kurz darauf schon wieder verschwunden sein musste. Aber wenigstens hatte er die Geschenke dagelassen. Sie lagen unter einem bunt geschmückten und leuchtenden Weihnachtsbaum, der vorhin noch unter einem großen Tuch verborgen gewesen war. Überhaupt wirkte die ganze Stube jetzt weihnachtlich, eine Räucherkerze verströmte einen angenehmen Zimtduft, und vom Plattenspieler erklang der Leipziger Thomaner Chor, der Weihnachtslieder sang.

Juliane hielt einen Moment inne und genoss diese Atmosphäre. Wie liebte sie diesen Abend mit ihrer Familie, dieses Stück heile Welt, das sie sich über die Jahre erhalten konnten ...

Nach der Bescherung fuhren Jenny und Jürgen mit den Kindern nach Hause, um sich dort mit Jürgens Eltern, die aus Leipzig anreisten, zu treffen und auf einen weiteren Besuch des Weihnachtsmannes zu warten.

So saß Juliane beim Abendessen mit Robert, ihren Eltern und ihrer Oma in kleiner Runde gemütlich zusammen. Ihre Mutter hatte, wie traditionell jedes Jahr, leckeres Frikassee gemacht.

Sie ließen es sich schmecken, lauschten dabei der Weihnachtsmusik und redeten nach dem Essen bei einem Glas Sekt über dies und das.

Was für ein rundum schöner Heiliger Abend, dachte Juliane glücklich, als sie sich später verabschiedeten.

Bücher von Gabriele Schossig

Traumfängerin der Liebe

Juliane ist eine hoffnungslose Romantikerin, die immer an die große Liebe geglaubt hat. Aber nach der Trennung von ihrem Lebensgefährten Paul bricht ihre scheinbar heile Welt zusammen. Der Neuanfang gestaltet sich schwierig, zumal sie in jeder Nacht seltsame Träume plagen. Um herauszufinden, wie es in ihrem Leben zukünftig weitergehen soll und vielleicht sogar ihren Traummann zu treffen, reist sie nach Indien in eine sogenannte Schicksalsbibliothek. Auf einem uralten Palmblatt wird ihr dort prophezeit, dass sie erst die Säulen der Liebe finden muss, um mit einem Partner glücklich zu sein.

Doch der Mann, der ihr dann über den Weg läuft, ist nicht der erhoffte Traummann, sondern ein Mensch mit Ecken und Kanten. Aber möglicherweise ist er trotzdem genau der Richtige für Juliane?

Roman, 576 Seiten, 19,99 €, **ISBN 978-3749481200**
oder als E-Book, 5,99 €, **ISBN 9783748127437**

Die grinsende Katze oder der Ruf der Freiheit

Erzählung, 212 Seiten, 14,90 Euro
ISBN 978-3837010930

Klappentext:
Lisa ist eine Teppichkatze, ihre Welt eine Zweizimmerwohnung mit Blick in den Garten. Eines Tages taucht Petro, ein Abenteuerkater, unter ihrem Fenster auf. Er erzählt ihr, dass die Welt viel mehr ist, als sie sehen oder erahnen kann.

Lisa will es genau wissen und gemeinsam machen sich die beiden Katzentiere auf den Weg in das Abenteuer Leben.

Dem Glück auf den Fersen oder Ägypten mit Umwegen

Roman, 208 Seiten, 14,90 Euro
ISBN 978-3741818844

Klappentext:
Lisa und Petro gehen ihre eigenen Wege. Während Lisa zu Hause bleibt, in der Gewissheit, ihren Platz im Leben gefunden zu haben, will Petro endlich seine Träume leben und zieht in die Welt hinaus.

Doch wird er sein Glück tatsächlich im Reich der Mitte oder gar in den Palmblattbibliotheken finden? Und was ist das überhaupt, das Glück?

Mensch, Freu Dich!
- In 9 Schritten zu mehr Lebensfreude –

Ratgeber, 136 Seiten, 14,00 Euro
ISBN-Nummer 978-3844229219

Klappentext
Viele Menschen fühlen sich von unserer schnelllebigen Welt überfordert. Stress und Ärger sind an der Tagesordnung. Die Freude am Leben bleibt oft auf der Strecke. Doch das muss nicht sein! Entscheiden Sie sich für den Weg der Freude und lernen Sie anhand von 9 Schritten, wie Ihnen ein glücklicheres und zufriedeneres Leben gelingt.

Die Liebe ist bunt!

Erzählung, 132 Seiten, 12,90 Euro
ISBN-Nummer 978-3741865459

Klappentext
Katja, frischgebackene Lehrerin, freut sich auf ihre Stelle am Schiller-Gymnasium. Nach der unschönen Trennung von ihrem Lebensgefährten hat sie von der Liebe die Nase voll und will nun beruflich durchstarten. Doch sie hat nicht mit Jonas gerechnet, einem gut aussehenden, viel zu jungen Mann, der ihr gleich am ersten Tag den Kopf verdreht. Hat diese Liebe eine Chance?

Weitere Informationen finden Sie auf der
Autorenhomepage:

www.wondertimes.de